DI[illegible]

Quelque part entre l'O[illegible]
les plus lointains anc[illegible]
membres du clan affro[illegible]
animaux. Diotime, pe[illegible]
brûle de s'affronter au grand fauve dont elle se sent la descendante. Sa volonté de combat l'oppose à sa mère qui souhaiterait que sa fille s'adonne au chant, à la danse et à la vie de la maison en accord avec la tradition grecque. Mais, adolescente fougueuse et inflexible, Diotime enfreindra la loi ancestrale qui veut que les femmes soient exclues de cette fête.

A travers la lutte contre les lions, dans l'ivresse du combat et dans la prédilection que lui témoigne son grand-père, c'est aux plus troublants interdits que Diotime est confrontée. Sur la peur, le désir, la sauvagerie, la transgression, la violence de la féminité, Henry Bauchau projette la lumineuse sagesse de l'Orient.

HENRY BAUCHAU

Romancier, poète, dramaturge, Henry Bauchau – membre de l'Académie royale de Belgique, où il est né en 1913 – s'est notamment fait connaître par *La Déchirure* (Gallimard, 1966), *Le Régiment noir* (Gallimard, 1972) et par plusieurs ouvrages de poésie, dont sa *Poésie complète* (Actes Sud, 1986). Mais c'est surtout avec *Œdipe sur la route* (Actes Sud, 1990 et Babel n° 54) et *Diotime et les lions* (Actes Sud, 1991) qu'il a connu une consécration internationale.

Antigone, son œuvre maîtresse, paraît chez Actes Sud pour la rentrée littéraire 1997.

DU MÊME AUTEUR

Géologie, poèmes (prix Max Jacob), Gallimard, 1958.
Gengis Khan, théâtre, Mermod, 1960 ; Actes Sud-Papiers, 1989.
L'Escalier bleu, poèmes, Gallimard, 1964.
La Déchirure, roman, Gallimard, 1966 ; Labor, 1986.
La Pierre sans chagrin, poèmes, L'Aire, 1966.
La Dogana, poèmes, Castella, 1967.
La Machination, théâtre, L'Aire, 1969.
Le Régiment noir, roman (prix Frans Hellens, Prix triennal du roman), Gallimard, 1972 ; Les Eperonniers, 1987.
Célébration, poèmes, L'Aire, 1972.
La Chine intérieure, poèmes, Seghers, 1975.
La Sourde Oreille ou le rêve de Freud, poème, L'Aire, 1981.
Essai sur la vie de Mao Zedong, Flammarion, 1982.
Poésie 1950-1986 (prix de la Société des Gens de Lettres, Prix triennal de la ville de Tournai), Actes Sud, 1986.
L'Ecriture et la circonstance, Chaire de Poétique de l'université de Louvain-la-Neuve, 1988.
Œdipe sur la route, roman (prix Antigone, Prix triennal du roman), Actes Sud, 1990.
Jour après jour, journal 1983-1989, Les Eperonniers, 1992.
L'Arbre fou, récits-théâtre, Les Eperonniers, 1995.
Heureux les déliants, poèmes, Labor, 1995.
Etés avec Werner Lambersy, journaux, Labor, 1997.
Antigone, Actes Sud, 1997.

DIOTIME ET LES LIONS

Collection dirigée par Sabine Wespieser et Hubert Nyssen

ISBN 2-7427-1369-7

Illustration de couverture :
Mosaïque provenant du tapis de pierre d'un péristyle du grand palais des empereurs de Byzance.
Date approximative : 330, musée des Mosaïques, Istanbul.

HENRY BAUCHAU

DIOTIME ET LES LIONS

récit

BABEL

Si personne ne m'avait dit que c'était l'amour, j'aurais pensé que c'était une épée nue.

(Texte attribué par Rudyard Kipling à un ancien poète indien et cité par Jorge Luis Borges.)

Dans mon plus lointain souvenir, je vois toujours mon grand-père Cambyse arriver chez nous au galop, son faucon sur le poing, suivi de serviteurs armés. Il salue ma mère avec beaucoup de respect, inspecte tout comme s'il était chez lui et s'en va, tourbillon de poussière, dans un grand tumulte de chevaux. Mon père, Kyros, que j'admirais tant, qui avait commandé une flotte et gagné des batailles sur l'océan des Indes, semblait parfois interdit et presque effrayé en sa présence. Tous redoutaient Cambyse, tandis que moi, sans doute parce que je ressemble à sa mère, je n'ai jamais eu peur de lui.

J'étais seule un matin avec une jeune servante. Cambyse est survenu. Etincelant, sur son cheval couvert d'écume dont il n'avait pas daigné descendre, il nous observait d'un œil sévère. J'étais toute petite, j'ai été éblouie, j'ai couru vers lui en demandant : "A cheval, à cheval avec toi !" Ma confiance a fait rire cet homme sauvage, elle l'a peut-être touché. Il m'a saisie par le cou et juchée devant lui sur sa selle. Nous sommes partis au galop, entourés par ses gardes et ce qui n'était pour lui qu'une chasse après tant d'autres a été pour moi l'ivresse, l'invention de la vie. J'ai découvert alors la joie de la vitesse dans l'air brûlant et l'odeur des chevaux. Je n'ai retrouvé pareil plaisir qu'en haute mer, par grand vent, quand Arsès gouvernait le navire.

Cambyse m'a gardée avec lui tout le jour, et c'est endormie dans ses bras qu'il m'a ramenée chez mes parents. En me tendant à lui il a dit à Kyros : "Ta fille sera bonne cavalière, je lui apprendrai à monter et à chasser moi-même." Il a tenu parole, il est venu souvent, puis presque chaque jour, pour m'emmener avec lui. Il m'a donné très vite un joli poulain et a commencé à m'initier à l'art de la fauconnerie qui était, de ses nombreuses passions, la plus vive.

Mes parents étaient surpris et heureux de l'affection qu'il me portait et de la hardiesse assez tendre que je manifestais envers un homme qui inspirait le respect et souvent la terreur à tout son entourage. Cambyse ne me parlait pas beaucoup mais, si des obstacles surgissaient durant nos chasses ou nos courses au galop, je le trouvais toujours à mes côtés. Si je me débrouillais seule, il me regardait avec un sourire amusé et content. Pour ce sourire j'étais prête à surmonter mes peurs et à braver tous les dangers.

Ainsi j'ai passé mon enfance et le début de ma jeunesse en vivant deux vies. Une vie douce et harmonieuse où, comme ma sœur, j'apprenais la danse, la poésie, la musique, tandis que notre mère nous initiait aux travaux de la maison. Je menais, de façon parallèle et presque à l'insu de mes parents, une autre existence toute d'activités physiques, de chevauchées dans la brousse, la forêt et les sables, de séjours parmi les tribus des montagnes où m'entraînaient l'affection que me portait mon grand-père et sa passion effrénée de la chasse et du pouvoir. Lorsque j'ai été plus âgée, Cambyse, malgré l'opposition de ma mère, m'a emmenée chasser aux confins du désert où il affrontait les grands fauves. Kyros alors, à ma grande surprise, nous accompagnait souvent. Les deux hommes me forçaient à rester loin derrière eux, mais parfois, dans l'ardeur de leur passion commune, ils m'oubliaient et je pouvais m'approcher secrètement des lions qu'ils étaient en train de combattre et qui me fascinaient autant qu'eux.

Par sa mère, Cambyse appartenait à une lignée perse dont les plus lointains ancêtres étaient des lions. Peut-être des dieux lions, car c'est en eux qu'il se reconnaissait. Il avait étendu à tout notre clan ce lien de sang avec les lions. Il en avait étrangement transmis, à mon père et à moi, le culte qui faisait horreur à ma mère et à ma sœur aînée. La lutte avec les lions ne durait qu'une partie de l'année et on ne pouvait s'attaquer qu'à un fauve à la fois. Une fois par an, avait lieu entre eux et nous une guerre rituelle qui durait deux jours et une nuit. C'était la plus grande fête de l'année, il y avait toujours plusieurs morts et de nombreux blessés, mais il n'y avait pas, pour les chasseurs du clan et des tribus voisines, de plus grand honneur que d'y être admis par Cambyse. En grandissant, j'éprouvais un désir croissant de participer à cette fête, j'en ai parlé à ma mère, elle m'a suppliée d'y renoncer en me disant que ce n'était pas la place d'une jeune fille et que la tradition ne le permettait pas. Je pensais au contraire qu'à l'origine de notre clan il y avait eu des déesses lionnes aussi terribles, aussi puissantes que les lions. Je descendais sûrement de l'une d'elles et si, pour des raisons évidentes, il était dans notre guerre interdit de tuer les lionnes et leurs lionceaux, elles prenaient au combat une part redoutable et provoquaient parmi nous autant de morts et de blessures que les mâles.

Je ne pouvais pas renoncer à ce désir. J'en ai parlé à mon père, Kyros immédiatement m'a comprise. Ce n'était pas, m'a-t-il dit, l'esprit ni le cœur qui s'exprimaient dans mon désir, mais le sang. Et le sang est mouvement, mouvement de la vie elle-même qui ne peut s'arrêter qu'à la mort. Je n'étais pas d'âge alors à le comprendre mais, quand il m'a permis de demander à Cambyse l'autorisation de participer à la guerre des lions, je me suis précipitée chez mon grand-père. Je lui ai dit qu'étant déjà le meilleur fauconnier du clan je pouvais aussi rivaliser à la chasse avec nos meilleurs chasseurs. Je n'avais pourtant jamais combattu ni tué un lion et il était temps que je m'affronte, comme lui et mon père, aux êtres de mon sang. Tant que je n'aurais pas participé au combat rituel avec eux, je ne connaîtrais plus la paix et ne pourrais pas être heureuse.

Pendant qu'il m'écoutait, j'ai vu un sourire de plaisir apparaître sur son visage et j'ai su que j'avais gagné la partie. Il m'a dit : "Tu viendras cette année avec nous et je te donnerai une nouvelle jument. Elle est très belle, il faudra l'entraîner."

Je l'ai interrogé : "Ma mère dit que c'est contraire à la tradition du clan. – Nous ferons naître une autre tradition et tu en seras l'initiatrice."

Je suis repartie très heureuse, persuadée que rien ne pouvait s'opposer à la volonté toute-puissante de Cambyse. Je n'avais pas compté avec l'opposition de ma mère. Mon désir de participer à la guerre des lions blessait en elle l'aspiration grecque à ordonner le monde à la mesure humaine. Même si elle apparaissait chez sa fille, elle ne pouvait que rejeter cette part en nous qui acceptait sa filiation avec les grands fauves et mettait le sang, dans ce qu'il avait de plus bestial à ses yeux, aussi haut que l'amour des dieux et des hommes et la tendre vénération de la vie familiale.

Elle a dit à mon père qu'elle ne voulait pas s'opposer à la décision de Cambyse, mais ne pouvait pas l'accepter. Elle allait donc nous quitter jusqu'à la fin de la guerre des lions. Kyros a été atterré, car leur union avait toujours été harmonieuse. Je ne l'étais pas moins que lui, j'ai couru dans la chambre de ma mère pour lui dire que je renonçais à un projet qui séparait mes parents et risquait de briser notre vie, si douce jusque-là. Elle a accepté ce renoncement, mais j'ai bien vu qu'elle n'y croyait pas et qu'elle me regardait d'une façon étrange, comme quelqu'un qu'elle ne connaissait pas. J'ai dit à mon père que je n'irais pas à la fête rituelle, il m'a remerciée. Je l'ai dit aussi à Cambyse. Il n'a rien répondu, mais j'ai vu que, comme ma mère, il ne me croyait pas. Je me suis efforcée ce jour-là et les suivants de ne plus penser aux lions et de me comporter comme la jeune fille adonnée au chant, à la danse et à la vie de la maison que ma mère souhaitait tant que je devienne. Si je suis parvenue à tenir ce rôle le jour, mes nuits sont devenues affreuses. Je rêvais sans cesse de lions ou de ma mère qui me regardait en pleurant à la porte de notre maison. Alors j'attaquais, je renversais Cambyse parce que c'était lui qui m'empêchait d'être comme elle. La tension est devenue très forte, j'ai dérivé vers le délire. Je n'ai gardé de ces journées que le souvenir obscur de moments de détresse où je désirais mourir, alternant avec des heures d'allégresse merveilleuse. Tout était alors élan, ouverture et libération. Mon père et ma sœur s'efforçaient en vain de me calmer. Cambyse se contentait de me suivre partout et d'être toujours là. Parfois je croyais que c'était lui l'obstacle, je me jetais sur lui et le frappais très cruellement. Il me laissait faire, impassible, et empêchait mon père de me retenir. Dans mes heures de joie délirante, sa vue augmentait mon bonheur, car je ne voyais plus ses traits mais ceux d'un admirable lion et c'est pour lui que je riais, que je dansais et que j'aiguisais mes armes en chantant dans l'espoir de le vaincre et de le tuer.

Ma mère avait vu avec calme mes moments de désespoir et de prostration, elle pensait qu'ils me guériraient et me ramèneraient à moi-même. Quand elle vit cette furieuse allégresse s'emparer de plus en plus souvent de moi, elle fut touchée au fond de l'âme car elle savait que je m'étais infligé cette blessure par amour pour elle. Kyros lui dit alors qu'il valait mieux que je connaisse ce bonheur, qu'elle jugeait sauvage, dans la réalité plutôt que dans la folie. Elle a couru vers moi et, en me serrant dans ses bras, m'a dit : "Puisque tu es lion, sois-le ! Va à la fête rituelle, je t'y autorise et même je te le demande." Je ne comprenais pas ce qu'elle disait, je continuais à rire et à chanter toute seule. Elle s'est mise à pleurer et peu à peu j'ai fait de même. Nous avons pleuré très longtemps toutes les deux et le délire s'en est allé de moi avec les larmes.

Le soir, ma mère m'a prise près d'elle dans son lit, j'ai dormi un jour et une nuit, à mon réveil elle était là et m'apportait un repas. J'avais très faim, nous avons mangé et elle m'a dit : "Lève-toi et va chez Cambyse. Il a ton nouveau cheval."

C'était une magnifique jument alezane. A sa vue, j'ai été transportée d'admiration et de bonheur. Cambyse a vu que j'étais guérie et m'a dit que nous allions l'entraîner tout de suite au combat avec les fauves.

Je venais juste d'avoir quatorze ans quand est survenue l'époque de la guerre des lions. Je montais mon admirable jument et je sentais que mon père et Cambyse étaient fiers de moi. La guerre rituelle ne ressemblait pas à nos chasses habituelles. Des montagnards armés repoussaient peu à peu les lions vers la vaste plaine qui était le lieu du combat. Les rabatteurs, portant des torches allumées pour empêcher les lions de forcer leur ligne, formaient un large cercle qui allait se rétrécissant. Sous l'effet du danger, des boissons et des champignons sacrés que l'on consommait ces jours-là, ils étaient comme nous tous dans un état de tension extrême. Ils avançaient en poussant des clameurs extraordinaires, frappant à coups redoublés leurs tambours et soufflant dans des trompes. Les rugissements des fauves leur répondaient tandis qu'ils reculaient lentement vers le lieu où nous les attendions.

Là, montés sur leurs chars, Cambyse, Kyros et les principaux chefs du clan ont commencé à transpercer les mâles de leurs flèches. C'était un spectacle extraordinaire de les voir bondir en rugissant, secouer les flèches et essayer de les arracher de leurs flancs. Ils comprenaient peu à peu où se trouvaient leurs véritables ennemis et ils tentaient de les charger, mais les chars, conduits par des cochers habiles, se déplaçaient trop vite pour qu'ils puissent le faire. Le moment était venu, conformément à la coutume du clan, de quitter les chars et d'aller à cheval ou à pied attaquer les lions à la lance.

Il y a eu alors un moment de désordre où Cambyse et Kyros, qui m'avaient forcée à rester abritée derrière leurs chars, m'ont perdue de vue. Les rugissements des fauves, les hennissements des chevaux, le tintement des armes, les cris des traqueurs, tout cela m'avait enivrée. Soudain, avec le vent frais du matin, le soleil est sorti des flots de poussière soulevés par le début du combat et, tout enfiévrée, j'ai senti le désir de tuer mon premier lion. Très proche, un mâle me faisait face, rugissant et prêt à charger. Il était beau comme le soleil. J'ai lancé mon cheval en avant avec tant de violence qu'il a été surpris et je suis arrivée sur lui la lance baissée, sans qu'il ait eu le temps de bondir.

J'éprouve encore l'indicible mouvement de plaisir et d'horreur que j'ai ressenti quand ma lance a pénétré son corps. Le choc fut si rude que ma lance s'est brisée et qu'un écart du cheval m'a fait tomber. Dans ma chute, j'ai vu le fauve s'élancer, mais avant de pouvoir bondir il est retombé, foudroyé. Je n'avais pas perdu les rênes de mon cheval et je me remettais en selle, encore étourdie par ma chute, quand j'ai vu surgir la lionne. En la découvrant tout près, je me suis laissée glisser, comme me l'avait appris Cambyse, sous le ventre de ma jument. Celle-ci tenta de fuir, mais le fauve lui labourait déjà le flanc et la renversa, ne m'atteignant que d'un coup de griffe qui m'a fait une blessure légère. Je voulais sauver ma jument et je tentais d'enfoncer dans la gueule de la lionne le tronçon de ma lance quand elle a bondi sur moi. A cet instant, elle s'est écroulée et j'ai vu au-dessus de moi trois figures géantes qui, du haut de leurs chevaux, me regardaient avec angoisse. C'étaient Kyros et Cambyse qui avaient transpercé la bête de leurs lances et Akoum – l'intendant de mon grand-père – qui d'un coup de sabre l'avait achevée. Il avait déjà sauté de son cheval pour voir si j'étais blessée et la pâleur de son visage, habituellement impassible, m'a frappée. Pour me faire échapper aux coups de griffe et aux soubresauts de la lionne expirante, il m'a saisie dans ses bras et tendue à Cambyse qui m'a emmenée au galop. Pendant le bref instant où je me suis trouvée dans les bras d'Akoum, j'ai senti en lui une passion qui me fit horreur. Je n'eus pas le temps d'y réfléchir car, après avoir vu que ma blessure n'était pas grave, Kyros et Cambyse m'ont ramenée, en poussant des cris de victoire, près du cadavre du lion. Mon père a arraché la lance brisée du corps du lion. Frappé en plein cœur, a-t-il crié et, me saisissant sur le cheval de Cambyse, il m'a élevée au-dessus de lui et promenée en triomphe autour du cadavre du fauve pendant que tous les cavaliers formaient un cercle autour de nous. Je connaissais les rites. Je me suis agenouillée et inclinée avec révérence devant mon adversaire, j'ai embrassé son front. Prenant un peu du sang qui coulait de sa blessure, je l'ai mêlé à celui de la mienne. J'en ai mis ensuite sur mon front, sur mon cœur et finalement sur mes lèvres. Alors les hommes du clan ont poussé d'immenses clameurs et sont descendus en hâte de leurs chevaux comme l'avaient fait Cambyse et Kyros pour marquer leur visage et leur cœur avec le sang du lion mâle, tué d'un seul coup par une vierge.

Mon père a pansé ma blessure, qui n'était pas profonde, avec un baume des Indes. Le tumulte avait diminué sur la plaine, les guerriers avaient tué le nombre de lions autorisé par la tradition. Les rabatteurs avaient ouvert leurs rangs pour permettre aux autres, aux lionnes et à leurs petits de s'échapper.

On avait allumé un grand feu. Cambyse, Kyros et les guerriers du clan me regardaient comme s'ils attendaient de moi quelque chose. J'ignorais la raison de cette attente et de leur silence, car j'étais sûre d'avoir accompli tous les rites.

Tout à coup j'ai su, une danse très lente s'est emparée de moi et elle était comme un chant. Un voile rouge et obscur s'est étendu sur mes yeux, je suis devenue sourde et j'ai été pénétrée par l'odeur du lion et par le goût de son sang sur mes lèvres. Je descendais en dansant la pente d'un temps très obscur, je traversais des millénaires et je parvenais jusqu'à l'antre des ancêtres, au milieu des dieux lions. Le sang du lion, mêlé au mien, me faisait entrer dans une dimension où il n'y avait plus de passé, plus de futur ni aucune séparation entre le fauve et moi, car la barrière de la mort était abolie. Parfois, pour quelques instants, je revenais à la conscience, à la vue, et je découvrais sans surprise que nous dansions tous, dans la grotte originelle d'où les dieux lions étaient sortis un jour pour nous mettre au monde et avoir enfin des adversaires dignes d'eux. Je croisais parfois Kyros, il avait le mufle, les dents et la cruauté des fauves et pourtant il était mon père et n'arrêtait pas de sourire. Au centre, évoluait

Cambyse qui était l'ancêtre dont nous descendions tous et qui dansait avec une force, une lenteur, une majesté souveraines que j'étais seule, moi la reine vierge et lionne, capable d'égaler. Nous avons dansé ainsi hors du temps jusqu'au moment où il y a eu un autel et sur cet autel un feu superbe dont les flammes s'élevaient très haut. Alors j'ai senti mes forces m'abandonner et je me suis évanouie.

Je suis revenue à moi, étendue sous une tente. Kyros était assis à côté de moi et me souriait. Sur le grand autel de pierre qui occupait le centre de la plaine, le bûcher brûlait. Cambyse dirigeait les montagnards et les attelages de chevaux qui traînaient les corps des lions tués dans le combat. Il allait les faire brûler et leurs cendres seraient répandues ensuite sur les champs des hommes du clan et des tribus alliées. Un autel séparé serait consacré au corps de la lionne. C'était un crime de tuer une lionne pendant le combat rituel et plus encore de la frapper avec un sabre comme l'avait fait Akoum, les seules armes admises ces jours-là étant l'arc et la lance. Akoum aurait mérité la mort, mais, comme il m'avait sauvée d'un grand péril et que j'étais la première femme à avoir participé à notre guerre sacrée, le conseil du clan l'avait absous tout en l'excluant de la fête.

Au moment où tombait le soir, tous les corps des lions ont été disposés sur l'autel et j'ai été chargée de mettre le feu à leur bûcher. Pendant que les corps se consumaient, la danse a repris et, sous l'effet des boissons magiques, elle a refait de nous des lions. La lune arpentait le ciel au-dessus de nous, tandis que nos danses se conformaient à celles des constellations. Le brasier des lions s'apaisait, avec de soudains retours de flammes qui projetaient au loin leurs étincelles. Jamais le monde n'avait été aussi beau, aussi cruel. Les danseurs formaient des cercles qui se rapprochaient et s'éloignaient de moi comme des vagues. J'étais la seule lionne parmi ces lions mâles et leur désir, leur férocité m'assaillaient de toutes parts, mais j'étais protégée par la force supérieure de mon père et de Cambyse dont les formes géantes étendaient leurs ombres jusqu'aux confins de la plaine. Des combats surgissaient souvent entre les danseurs, des rugissements éclataient, les luttes étaient violentes, rapides et devaient s'arrêter au premier sang. La danse, elle, ne s'arrêtait pas et nous ramenait peu à peu à l'origine du monde, à la réconciliation de l'âme avec son corps sauvage. Lorsque l'aube est apparue, mon père a allumé le bûcher de la lionne et nous nous sommes tous prosternés devant elle. Pendant que les flammes consumaient son corps, j'ai aperçu Akoum qui m'observait en se cachant derrière des traqueurs. Il n'avait pas le droit d'être là, j'ai couru à lui, je l'ai attaqué avec mon couteau. Il se défendait en reculant et ce que je voyais sur son visage m'est devenu insupportable. Lâchant mon couteau, j'ai bondi sur lui comme la lionne et je l'ai cruellement mordu au cou. Il est tombé en hurlant et Kyros nous a séparés. Pendant qu'il se relevait, il a murmuré : "Tu as bu mon sang !"

Cela m'a fait horreur, je me suis enfuie, je me suis roulée sur le sol et j'ai vomi. Le soleil était haut dans le ciel, il n'y avait plus que des bûchers noircis, des hommes épuisés qui se dirigeaient vers leurs chars ou leurs chevaux et, quelque part dans la plaine, le cadavre de la jument alezane sur laquelle j'étais arrivée et qui était morte à ma place.

Cambyse est resté avec ses serviteurs pour recueillir dans des urnes les cendres des lions. C'est mon père qui m'a ramenée à bout de forces sur son cheval. J'étais couverte de sang, ma blessure commençait à me faire souffrir, j'avais de la fièvre. Mes vêtements et mes cheveux portaient des traces de brûlures car, sans le savoir, j'avais dansé trop près des bûchers. Ma mère et ma sœur ont voulu me soigner, mais j'ai demandé à ma mère la permission d'aller d'abord me reposer dans son jardin et elle m'a laissée faire.

Ce jardin, qu'elle avait dessiné et entretenait elle-même, était de proportions modestes et caché au milieu des vignes. La source qui s'y répandait en étoile y faisait régner une musique d'une fraîcheur délicieuse. Les fleurs, les ombrages, la présence des oiseaux, tout était dans ce jardin œuvre de méditation patiente et de recueillement. On y découvrait la vie tendre, discrète et passionnée de ma mère, son sens délicat des instants, des sons et des couleurs. J'ai vu dans la source mon visage noirci par le feu, mes vêtements tachés de sang et les mèches follement brûlées de mes cheveux. Ma mère m'a rejointe et je lui ai montré mon reflet dans l'eau : "Regarde cette fille sauvage, c'est moi, je suis comme ça." Elle m'a prise dans ses bras en disant : "Je t'aime comme tu es." Elle m'a calmée, consolée, j'ai dit : "Je voudrais être comme toi, comme ce jardin. – Tu es aussi comme ce jardin, m'a-t-elle dit, chaque fois que j'y viens je pense à toi. Il faut laisser agir le temps et, quand ton jour sera venu, l'amour." Nous sommes rentrées à la maison, ma sœur et elle m'ont lavée, pansée et je me suis endormie.

Le lendemain, j'ai senti que j'étais toujours, au plus profond de moi-même, la fille de ma mère, la sœur de ma sœur, partageant avec elles les rites, les travaux et les plaisirs des femmes qui révèrent leur foyer et les usages de la Grèce. Nous chantions toutes les trois en tissant un tapis, quand mon père est entré. En le voyant si beau, si serein, si profondément façonné par la bonté, le courage et la grâce, je me suis demandé comment nous avions pu danser tous les deux la danse des dieux lions, entourés d'hommes, de fauves qui grondaient et rugissaient de désir autour de moi. Je l'ai supplié de me dire comment lui, qui avait connu le Dieu sans limites des sages et des livres sacrés de l'Inde, avait pu devenir ce lion que j'avais vu et avec qui j'avais dansé. Comment il avait pu supporter cette lionne qui avait capté, toute une nuit, le désir des hommes du clan, cette femelle sauvage que j'avais été, que j'étais toujours sans doute, qui avait tué un lion et blessé un homme en le mordant à la gorge. Ma mère et ma sœur se sont levées et elles s'apprêtaient à sortir comme s'il s'agissait, entre nous, de secrets et de passions que les femmes comme elles ne veulent pas partager. Mon père leur a demandé de rester. "Les Egyptiens, a-t-il répondu, et les Indiens ont formé dans leur esprit et dans leur cœur, ont décrit dans leurs monuments de très hautes conceptions, de profondes expériences de Dieu, des dieux, des humains et de leurs rapports avec l'univers. Notre voie n'est pas la leur, ce qu'ils cherchent à leur manière nous le vivons dans notre corps parmi nos ancêtres lions. Nous le retrouvons dans notre lutte avec eux, le respect que nous leur portons et, chaque année après le combat, dans la nuit de réconciliation qui nous unit à eux et au monde. Les Egyptiens et les Indiens peuvent parfois parler avec Dieu, répéter ses paroles et les transmettre à leurs descendants. Nous ne connaissons de Dieu que ce que savent les lions. Ce qui suffit pour ce temps et pour ce pays qui sont les nôtres. Nous ne pouvons pas parler de Dieu, mais nous pouvons le danser les jours du combat rituel et parfois le chanter comme nous avons pu le faire avec toi."

Alors je me suis jetée à ses genoux et j'ai crié : "Est-ce que j'ai chanté ? – Oui, tu as chanté et nous tous avec toi pendant que les lions brûlaient."

Je n'ai plus pu retenir mon angoisse et je lui ai demandé en regardant ma mère : "Est-ce que c'était le chant d'allégresse comme pendant mon délire ? – Non, c'était un chant très ancien que nous avions connu et oublié. Le chant de la gloire et du sang des lions, aussi fier, aussi redoutable que leur mort."

Ma mère et ma sœur se sont rassises à leur place et ont recommencé à tisser. Mon père m'a ramenée à la mienne et il y a eu entre nous un long silence apaisant. Il l'a rompu en me posant cette question singulière : "Pourrais-tu être heureuse sans chevaux ?" C'est ma mère qui a répondu : "Pas encore." Puis avec un sourire : "Un jour, peut-être."

Cambyse est revenu quelques jours plus tard, il m'a dit que les cendres de la lionne avaient été honorées comme le méritait son courage. Il était monté au sommet de notre plus haute montagne et les avait dispersées dans toutes les directions de l'espace.

J'hésitais à retourner à la chasse avec lui, mais ma mère m'a demandé de le faire et je n'ai pas refusé mon plaisir. A la maison et pendant le jour, je m'efforçais d'être ce que j'étais, une jeune fille qui se préparait à devenir une femme, mais avec Cambyse je pensais souvent aux lions et, la nuit, je rêvais d'eux au bord de la mer que je n'avais jamais vue.

C'est quelque temps après qu'un messager nous a annoncé la visite d'Arsès qui arrivait de Grèce pour proposer à Cambyse la réunification de l'ensemble du clan, depuis longtemps séparé. Mon père y était favorable, il y voyait le moyen de préserver notre liberté face à la puissance grandissante des rois. Kyros avait connu Arsès en Inde et le tenait pour un homme exceptionnel. “C’est, nous a-t-il dit, un homme d’une grande bravoure, un marin consommé, subtil observateur des astres et un chef de clan inspiré par l’esprit de justice.”

Arsès était un homme qu’on ne découvrait que peu à peu, et à son arrivée avec son ami Itrios il ne m’a pas fait grande impression. Il n’était remarquable ni par la taille ni par la vivacité de sa parole, et j’ai pris d’abord pour de la prudence, vertu que j’estimais peu, ce qui était chez lui un sens affiné de la mesure. Je trouvais qu’il était ce que Cambyse appelait dédaigneusement un Grec de Grèce. Ma mère et ma sœur ont tout de suite partagé l’amitié et l’intérêt que mon père portait à nos hôtes. Je ne ressentais rien de pareil et j’étais sûre que, sous la politesse de son accueil et le respect qu’il manifestait à Arsès, Cambyse devait penser comme moi.

Un matin, revenant un peu tard d’une chasse au faucon, j’ai poussé mon cheval au galop jusqu’à l’entrée de notre demeure. Je me sentais merveilleusement bien ce jour-là et, me croyant seule, je me suis mise debout sur la selle, comme

Cambyse me l'avait appris, et j'ai sauté d'un bond sur le sol en arrêtant mon cheval de la voix. J'ai dû faire cela avec quelque grâce car quand j'ai vu Arsès, caché à ma vue par un arbre, il en avait perdu l'usage de la parole. Il me regardait avec une admiration qui m'a surprise mais, comme nous entrions dans la maison pour le repas, je n'y ai pas attaché d'importance. J'étais persuadée qu'Arsès était amoureux de ma sœur et l'air de bonheur et de gaieté qui régnait entre eux, pendant le repas, semblait le confirmer. Ma sœur était plus belle et plus intelligente que moi, c'était pour moi une évidence depuis ma petite enfance. Je n'en étais pas blessée, à cause de la préférence de Cambyse qui m'associait à sa vie, à celle du clan et à la fraternité des hommes lions auxquelles ma sœur ne participait pas.

Ce jour-là, tandis que le regard d'Arsès pesait de plus en plus en moi, ma sœur semblait encore plus épanouie et plus joyeuse que d'habitude. J'ai pensé que c'était à cause d'Arsès et, en servant avec elle, je m'étonnais de sentir que la vie qui, quelques heures auparavant, me semblait tout ouverte me paraissait soudain irrémédiablement barrée.

Le lendemain, je devais aller avec Kyros soigner une femme du clan, malade dans une ferme éloignée. Arsès a demandé à nous accompagner. Il n'était pas, comme mon père et comme moi, né à cheval. Il n'avait pas la pratique du caractère ardent de nos chevaux ni des difficultés que nous oppose la sauvagerie, à laquelle nous tenons tant, de notre pays. Avant chaque obstacle, il regardait d'abord comment nous le franchissions avant de l'aborder avec gaucherie, mais toujours avec décision. Il a fait une chute et m'a dit en se relevant : "Je serais plus à la hauteur en mer." Et moi : "Là ! j'aurais peur !" Puis sans réfléchir : "Pas avec vous !" Un très beau sourire a illuminé son visage, comme si je lui avais fait une promesse. Pourtant je n'en avais fait aucune et ce sourire m'a troublée. En arrivant à la ferme, mon père a examiné la malade, lui a donné un remède et m'a demandé de lui faire un massage. Kyros était un grand guérisseur, mais il ne possédait pas le don des mains que ma sœur et moi tenons de notre mère.

Je massais la femme suivant une méthode indienne dont mon père nous avait indiqué les principes et que nous appliquions suivant les modalités de nos dons. Pendant ce temps, mon père et Arsès s'étaient retirés dans la salle et parlaient avec le mari. La femme commençait à ressentir l'action de mes mains, elle respirait mieux et j'aimais sentir mes mains travailler ce beau corps. J'ai pensé qu'un jour je connaîtrais, comme elle, les mains d'un homme sur le mien. A ce moment, j'ai perçu le silence qui s'était établi dans la salle et, en me retournant, j'ai vu qu'Arsès me regardait. Suivant son regard, mon père nous a regardées lui aussi et a dit : “Comme elles sont belles.”

Arsès n'a pas répondu et je n'avais pas besoin de me retourner pour savoir qu'il ne pouvait plus répondre, qu'il ne pouvait plus que nous contempler de son regard éperdu. Kyros a perçu ce qui se passait et il l'a entraîné dehors. Dénouée de ses peurs et de ses tensions, la femme s'est levée, guérie, a-t-elle dit, par des mains inspirées. Je l'ai aidée à préparer le repas que nous avons pris tous ensemble et nous ne sommes repartis qu'à la nuit, à la lumière de la lune. Mon père m'a laissée passer la première et, transportée encore par le regard d'Arsès, je me suis lancée dans une course folle. A la fin d'un défilé, j'ai vu une lionne à peu de distance, j'étais sans armes, mais n'ai pas ralenti. C'était peut-être l'âme de celle qu'Akoum avait tuée et, si elle voulait prendre sa revanche, ce jour-là, le plus beau de ma vie, me semblait un beau jour pour mourir. La lionne s'est éloignée d'un bond et je me suis dit : C'est un signe, je vivrai. Je vivrai pour lui.

Nos chevaux étaient épuisés par l'allure que nous avions soutenue. Nous passions près d'un lac, je me suis arrêtée pour qu'ils puissent boire et se reposer. Arsès s'est approché de moi, il était très pâle, j'ai vu qu'il faisait un effort énorme pour surmonter la crainte qu'il avait de me parler. J'ai eu peur, moi aussi, je me suis enfuie, je me suis jetée à l'eau pour lui échapper. Il m'a suivie, je me sentais très lourde, il nageait plus vite que moi. Il m'a arrêtée. La lune éclairait la rive, mes cheveux mouillés retombaient sur mon visage, je me sentais un peu protégée par ce masque. Il ne pouvait voir que mes yeux, mais mes yeux lui suffisaient. Nos deux têtes émergeaient seules de l'eau, il me regardait, il a dit : Dis oui ! J'ai dit : Oui.

Nous sommes ressortis de l'eau chacun de notre côté sans nous parler. J'étais trop effrayée par ce qui se passait en moi pour être heureuse. Nous avions froid, heureusement Kyros avait fait du feu. Quand il a été réchauffé, Arsès s'est levé et a dit : "J'aime Diotime. – Je le vois, dit mon père. – Je la veux pour femme. – Et Diotime que veut-elle ?" Mon père me regardait, mais je n'aurais pu proférer une parole.

"Le veux-tu ?" a-t-il répété. J'ai fait signe que oui en continuant à trembler non plus de froid mais à cause de cette frayeur intime qu'Arsès m'inspirait cette nuit-là. "Si tu le veux, nous le voulons aussi, ta mère et moi."

Ainsi ils savaient, ils avaient même parlé entre eux de cet amour que j'ignorais jusque-là. "Il vous reste, a dit Kyros, à obtenir l'accord de Cambyse, ce ne sera pas facile."

Nous n'avons pas repris le terrible galop de cette nuit, nous sommes revenus au pas et sans nous parler. Le surlendemain, il y avait chasse au faucon chez Cambyse et Arsès me suivait sans cesse. Il ne me quittait pas des yeux. Mes gestes, mon sourire étaient pour lui ceux de la perfection et, sous l'effet de son regard, ils l'étaient.

Cambyse sentait que quelque chose de merveilleux se passait. Jamais les faucons n'avaient été plus prompts, plus parfaits dans leurs évolutions, aussi rapides à saisir leur proie. Il me souriait d'un air de plaisir et je sentais avec une obscure appréhension que le regard qu'il portait sur moi ressemblait, mais touché par le déclin et une ardente mélancolie, à celui d'Arsès.

Après la chasse, ils ont parlé longtemps ensemble. Quand ils m'ont rejointe, j'ai vu qu'Arsès était troublé. Je ne voulais pas savoir pourquoi, les affaires du clan ne me concernaient plus. Je ne voulais qu'une chose, vivre avec Arsès et pour lui. J'ai dit violemment à Cambyse : "Je veux me marier avec lui. Dis oui !" Il était debout en face de moi, son grand corps sec, son visage majestueusement busqué agités de mouvements de souffrance que je ne leur avais jamais vus. Il a crié : "Tu veux me quitter ?"

Je n'avais pas pensé à cela. Je n'avais pensé qu'à Arsès et à cet envahissement presque insupportable de mon être par le sien qui ne me laissait pas de répit. J'ai crié, moi aussi : "Je ne veux pas te quitter. Je veux vivre avec lui et avec toi. – C'est impossible, a dit Arsès, ma place est en Grèce, la tienne aussi si tu m'aimes."

Cambyse s'est redressé de toute sa hauteur et il nous dépassait de la tête : "Tu me laisserais mourir seul ? Tu sais bien que toi seule existes pour moi."

Je le savais et j'ai ressenti comme une injustice cet amour exclusif qui soudain me barrait la route, j'ai répondu : "Tu n'as pas le droit !" Il a soupiré avec amertume : "Le droit ? Qu'est-ce que cela veut dire le droit ?" Il avait raison, cela m'a mise en colère, je me suis précipitée vers lui et je l'ai frappé comme je l'avais fait dans mon délire. Je frappais de mes poings son immense poitrine, ses bras, son dos, je l'embrassais aussi en criant : "Dis oui ! Dis oui !" Pourtant je ne délirais pas du tout et il le voyait bien. Je voulais lui faire sentir dans son corps ce qui se passait dans le mien. Qu'il fallait que je sois la femme d'Arsès, coûte que coûte. Que je n'avais pas voulu cela, que je ne l'avais pas désiré, que j'avais été aussi surprise que lui par cet événement qui avait fondu sur moi comme un aigle. Qu'il fallait qu'il dise oui, que j'avais besoin de la bénédiction de ce oui pour accepter, moi aussi, ce qui m'arrivait de terrible. Il reculait pas à pas sous mes coups. Je savais bien qu'il ne pouvait pas céder, ce n'était pas dans sa nature, mais je sentais qu'il pourrait comprendre, qu'il était même en train de le faire. Il a compris, il a dit : "Tu fais un bon choix." Ce n'était pas ce que j'espérais, il n'était pas question de choix, il n'en avait jamais été question ni pour moi ni, j'en étais sûre, pour Arsès. J'ai continué à le frapper, à l'embrasser en criant. "Dis oui, dis oui !" Puis soudain, j'ai eu envie de dire son nom. J'ai cessé de crier et j'ai dit avec une douceur incroyable : "Cambyse."

Il a senti alors tout l'amour que j'avais pour lui, mais aussi que ce qui s'était produit, ce qui se produisait entre Arsès et moi n'était pas un sentiment, pas un désir, mais un rapt, une élection, une décision prise bien plus haut et plus profond que là où nous pouvions lui et moi intervenir.

Je me suis arrêtée de frapper, il m'a saisie dans ses bras, m'a soulevée très haut comme quand j'étais petite. Je riais, je me débattais un peu, j'étais très heureuse. Après m'avoir montré ainsi qu'il n'avait rien perdu de son autorité et qu'il était toujours le plus fort, il a dit : "Oui. Je dis oui." Puis comme j'embrassais sa main ainsi que j'aimais à le faire, il a ajouté : "Mais il faut qu'Arsès respecte les règles du clan", et il nous a fait signe de partir.

Nous nous sommes, je ne sais comment, retrouvés à cheval tous les deux. J'étais tellement occupée de Cambyse que, pendant que cette scène se déroulait, j'avais perdu Arsès de vue. J'avais oublié mes larmes, ma colère, je ne sentais plus que mon bonheur. Certaine qu'Arsès était aussi heureux que moi, je criais, je chantais. Je me suis soudain aperçue de son silence. Son visage était sombre, il a dit : "Je n'approuve pas les conditions de Cambyse."

J'ai été stupéfaite, les rites à accomplir pour être reconnu comme chef du clan sont simples. Il faut seul, à pied, armé d'une lance, d'un arc et de trois flèches, tuer un lion désigné par le sort au conseil du clan. Le risque est grand, beaucoup d'hommes périssent ou sont mutilés en tentant d'entrer dans le cercle étroit des chefs du clan. Arsès n'était pas un chasseur de fauves, même pas un chasseur, mais j'étais sûre que l'épreuve n'était pas au-dessus de ses forces. Je lui ai dit : "Nous t'apprendrons à chasser les fauves. Tu verras, il n'y a rien au monde de plus beau que de vaincre un lion." J'étais convaincue de ce que je disais, c'était la pensée de mes quatorze ans. Arsès m'a regardée avec un sourire admirable et j'ai su que me voir était pour lui beaucoup plus passionnant que tuer des lions. J'ai rougi, j'ai senti que sous son regard je devenais plus belle et j'ai cessé de penser que j'étais – comme je l'étais en réalité – moins belle que ma sœur et plusieurs autres jeunes filles du clan.

Je lui ai dit que c'était pour moi qu'il tuerait le lion et que, s'il était tué, je le vengerais en attaquant des lions jusqu'à ce qu'un d'eux me tue, car je ne voulais pas lui survivre. Je lui ai dit cela avec une exaltation qui me rendait de plus en plus belle. Nous sommes allés nous asseoir un moment à l'ombre d'un arbre que nous aimions, qui était devenu notre arbre. Sous l'effet de l'espérance et de l'émotion, je ne cessais pas d'embellir et il m'a dit en me regardant avec admiration : "Tu es Aphrodite et tu es Artémis. Si tu es aussi un peu Athéna, tu peux comprendre que tuer un lion me fait horreur. C'est un rite barbare, étranger aux Grecs. J'ai appris chez moi et en Inde à vénérer la vie dans les animaux et à ne pas les exterminer. – Nous ne les exterminons pas, nous les honorons en les combattant. Cambyse veut que tu respectes cette règle. Il ne changera pas. – Je sais. – Alors tu renonces à moi ?" Il m'a regardée, comme je le regardais et nous savions tous les deux que renoncer était impossible.

J'ai dit : "Tu le tueras. Cambyse sera satisfait, le clan réuni et nous vivrons ensemble." Il a dit : "Oui", comme Cambyse. En souffrant autant que lui, à cause de moi.

Nous avons, Kyros et moi, entraîné Arsès en vue du combat. Cambyse parfois se joignait à nous et par quelques gestes et de rares paroles lui apprenait, mieux que nous ne pouvions le faire, à penser lion.

Le sort a désigné au conseil des chefs le fauve qu'il devait affronter et Akoum, à notre vif déplaisir, a été choisi pour nous guider et indiquer à Arsès le lion qui serait son adversaire. Nous avons, mon père et moi, accompagné Arsès. Cambyse et les membres du conseil devaient nous rejoindre le jour du combat.

Le fauve avait son territoire de chasse aux confins du désert et de la montagne. C'était un solitaire, déjà âgé, que les tribus proches craignaient et vénéraient. Plusieurs hommes, pour entrer dans la seigneurie des chefs, avaient déjà tenté de l'attaquer. Tous avaient été tués non sans lui avoir fait subir des blessures qui l'avaient rendu plus féroce. Cambyse lui-même, au cours d'une chasse, avait été surpris par lui et le combat s'était terminé sans vainqueur ni vaincu. Il avait depuis sévèrement défendu que le Grand Lion, comme on l'appelait, soit engagé dans la guerre rituelle ou attaqué par les tribus. Il n'avait certainement pas souhaité qu'il devienne l'adversaire d'Arsès et c'est un sort malheureux qui en avait décidé.

Nous avons campé à proximité du territoire du lion et, le lendemain, Akoum a emmené Arsès étudier ses traces et ses habitudes. La journée m'a semblé longue, menacée par un orage qui n'éclatait pas et travaillée par une angoisse que je ne parvenais pas à dominer. Au retour des deux hommes, j'ai cru sentir sous l'air impassible d'Akoum un sentiment de triomphe et une ironie cachée. Arsès n'était pas moins expert que lui à masquer ses sentiments. Avec cette autorité peu affirmée mais irrésistible, que j'aimais tant chez lui, il a dit à

Akoum : "J'ai vu ce que je voulais voir, retournez chez Cambyse." Et, comme l'autre hésitait, il a ajouté : "Maintenant." Akoum n'a pu cacher sa déception ni sa colère, mais l'ordre était donné de telle façon qu'il n'a pu qu'obéir.

Je me suis sentie soulagée par son départ, mais surprise par le silence d'Arsès. Quand la lune s'est levée, après le repas du soir, il s'est tourné vers mon père et a dit : "Diotime et moi avons été menés dans un piège. Cambyse l'ignore certainement, mais il s'agit de quelque chose que je ne croyais pas possible et qui bouleverse tout ce que je pensais savoir des rapports entre les animaux et les hommes. Cela ne peut se dire, il faut que vous le voyiez vous-même." Il parlait sur un ton qui ne lui était pas habituel, et nous avons senti qu'il était bouleversé par un événement mystérieux. Mon père ne lui a pas posé de questions et je n'ai pas osé l'interroger.

Pendant toute la journée, Arsès nous a menés sur le territoire de chasse du Grand Lion. Nous l'avons entrevu parfois, mais toujours de trop loin. La chaleur était lourde et ardente, et j'étais brisée par l'anxiété. Au début de la nuit, Kyros qui possédait la science des lions nous a menés au bord d'une rivière où, au lever de la lune, nous pourrions le voir de près. Nous étions bien cachés et le vent nous était favorable. Soudain, sans que rien ait annoncé sa présence, le lion est apparu. C'était le plus grand, le plus beau fauve que nous ayons jamais vu. Son port était la majesté même, ses mouvements rayonnaient d'une tranquille plénitude. Sur cette force redoutable, on sentait pourtant que le fardeau de l'âge commençait à peser. Il n'était pas seulement le Grand Fauve, il était aussi, comme l'appelaient les tribus, l'Ancêtre, celui dont le destin allait bientôt s'achever. Pendant que nous le regardions, nous avons compris ce qui avait si profondément troublé Arsès la veille. Dans ses mouvements, son allure, sa façon de boire ou de dévorer, dans sa fureur toujours proche, le Grand Lion n'était pas seulement l'image lointaine de l'ancêtre. Il était, vivant dans le même temps que lui, l'image animale, seigneuriale de Cambyse. Il en avait l'empire, la solitude, la puissance et, provoquant le même respect, l'irrésistible ascendant sur tout ce qui l'entourait. Le Fauve a immédiatement suscité en nous les sentiments d'admiration et d'amour que nous portions à Cambyse. Nous avons compris brusquement dans toute leur étendue les paroles d'Arsès la veille : "Nous avons été attirés dans un piège." Un traquenard patiemment tendu par Akoum et auquel Arsès ne pouvait plus échapper, car les décisions du conseil du clan étaient irrévocables.

Nous sommes revenus au camp et, en quelques mots, Arsès nous a fait comprendre que le problème était pour lui encore plus grave que nous ne le pensions. Si le combat avait lieu, les deux adversaires semblaient avoir chacun une chance de l'emporter, mais cela n'était vrai qu'en apparence. Bien qu'il ne fût pas encore reconnu par le clan de Perse, Arsès était cependant le chef naturel de l'ensemble du clan et, par une force qu'il était obligé de reconnaître en lui, le maître secret des lions. Après avoir contemplé le Fauve et l'avoir vu de près au bord de la rivière, Arsès n'avait plus aucun doute à ce sujet et un rêve fait la nuit précédente le lui avait confirmé. S'il combattait le Fauve, il finirait par le vaincre, et par tuer cette incarnation mystérieuse de Cambyse et sans doute Cambyse lui-même.

Mon père a approuvé Arsès, il l'a remercié et même, geste inattendu chez lui, il l'a embrassé. Je croyais l'approuver aussi, j'aimais Cambyse, je ne voulais pas sa mort. Pourtant, au fond de moi-même, quelque chose n'acceptait pas la décision d'Arsès, car j'ai quitté brusquement les deux hommes pour aller fondre en larmes dans ma tente. Au milieu de la nuit, je me suis éveillée pleurant toujours. Arsès ne m'aimait pas. Pas comme je l'aimais puisque, pour m'unir à lui, il n'était pas prêt à payer n'importe quel prix. Il refusait la mort du frère, du jumeau ténébreux de Cambyse, alors que moi, dans l'innocence cruelle de l'amour, j'étais prête à le sacrifier. J'ai couru à sa tente, je l'ai supplié, je lui ai dit que s'il ne tuait pas le Fauve j'irais l'affronter moi-même. Il a répondu que nous devions avoir le courage d'attendre, de patienter s'il le fallait jusqu'à la mort de Cambyse ou celle du Lion qui de toute façon seraient proches l'une de l'autre.

Oui, pour lui, rien ne pressait et il me parlait à sa façon de Grec de Grèce sans voir que je n'étais qu'une petite barbare. Que pour moi tout était pressé, horriblement pressé par la passion et la terrible voix du sang. Je voulais changer, m'élever jusqu'à lui. Je ne pouvais pas attendre la mort de ce vieux lion qui nous barrait la route. Je ne voulais renoncer à rien. Je ne comprenais qu'une chose, c'est que je voulais Arsès, tout de suite et à tout prix. Je suis sortie de sa tente en courant, j'ai sellé mon cheval, j'ai pris ma lance, mon arc et trois flèches et je suis partie au galop vers le territoire du lion. J'ai entendu du bruit derrière moi, c'était Arsès qui me suivait, armé. Il n'a pas cherché à me rejoindre, mais il est resté derrière moi, prêt à me secourir. J'ai eu beau parcourir tout le territoire du Fauve, il ne s'est pas montré. En revenant le matin, nous avons rencontré mon père qui revenait par une autre voie. Il m'a regardée d'un air ironique et fâché. "A cause de toi, j'ai passé ma nuit, avec les hommes d'une tribu, à forcer le Grand Lion à sortir de son territoire. C'est une bête redoutable, il a tué un cheval, il a manqué tuer un homme et m'a blessé. Assez de folies, Diotime, rentrons !" Au retour, ils m'ont étroitement encadrée tous les deux, je n'avais d'ailleurs plus envie de m'échapper, mais je ne voyais pas comment je pourrais supporter le temps d'attente qui allait s'ouvrir.

C'est dans la terreur que je suis revenue chez nous. Je ne savais plus qui j'étais ni qui était Arsès. Je l'admirais d'avoir refusé de combattre le Grand Lion mais je le détestais aussi de ne pas transgresser toutes les lois pour m'obtenir. Ma mère a vu ma détresse et a conseillé à Arsès d'aller avec moi rencontrer un vieux sage, vénéré par les tribus de nos montagnes. Natif d'un empire inconnu, ce sage avait, au pas de son buffle noir, traversé toute l'Asie. Ceux qui étaient écrasés par le souci, ceux qui cherchaient la paix intérieure venaient de partout pour trouver réconfort à son contact. "Allez le voir, a dit ma mère, il est très vieux, c'est signe de sagesse. Il va où son buffle le mène, cela est bon."

Mon père l'a approuvée et, à ma grande surprise, nous a proposé de partir le lendemain avec nous. Après plusieurs jours de recherche, nous avons découvert le sage. Il sommeillait juché sur son buffle et paraissait incroyablement vieux. Il n'a pas semblé s'apercevoir de notre arrivée, pourtant si un des petits enfants qui jouaient alentour lui apportait une fleur ou de l'herbe pour son buffle il ne manquait pas de soulever faiblement ses paupières pour le remercier du regard. Nous nous sommes assis sans rien dire près de lui, le buffle s'est couché, le vieillard s'est laissé glisser entre ses pattes et s'est assoupi, la tête sur son flanc.

Pour la première fois depuis longtemps je me sentais tranquille et je me suis endormie sous le regard d'Arsès qui me rendait plus belle. Quand je me suis éveillée, les enfants et les gens de la tribu étaient partis. Il ne restait qu'un couple qui veillait sur le sage pendant la nuit et un prêtre qui avait allumé un feu. Arsès m'a dit que celui-ci suivait le vieillard depuis longtemps, gravant ses paroles sur des pierres qu'il déposait près des puits ou au bord des sources. Je suis allée demander au prêtre à quoi pouvaient servir ces inscriptions dans des tribus où personne ne savait lire. Il s'est contenté de me sourire sans répondre. Une impulsion subite m'a poussée à l'embrasser. Il a eu l'air heureux. Le lendemain matin il est parti avant que je m'éveille. Il avait laissé une pierre pour moi, une très belle pierre blanche, parfaitement lisse et douce, sur laquelle rien n'était écrit.

Quand le vieux sage s'est éveillé, les veilleurs l'ont soigné avec beaucoup d'attention et de respect, il les laissait faire en les remerciant du sourire à demi effacé qui flottait presque toujours sur son visage. Arsès alors m'a prise par la main et s'est approché de lui. Il lui a raconté notre histoire et pourquoi il devait et ne pouvait pas tuer le Grand Lion. Le Vieillard l'a laissé parler sans rien dire. Parfois il semblait l'interroger en soulevant un peu les sourcils. Arsès alors revenait en arrière et ajoutait des détails ou des précisions. J'avais l'impression que le Vieillard s'endormait parfois ou n'écoutait plus, mais Arsès ne s'est pas laissé arrêter et a poursuivi son récit jusqu'au bout. Ensuite il y a eu un long silence, le Vieillard, balancé sur le dos du buffle qui s'était remis en marche, semblait à nouveau endormi. Soudain nous avons entendu les sons d'une langue étrangère, dont les larges rythmes, au bord du chant, ne s'adressaient pas à nos esprits mais à nos corps.

Le buffle noir s'était arrêté et broutait. Je me suis agenouillée dans l'herbe et Arsès a fait de même. Nous sentions que le Vieillard ne nous parlait pas mais nous entraînait dans des abîmes, des hauteurs, des immensités que nous ignorions jusque-là et où pourtant nous pouvions le suivre. Il s'est tourné brusquement vers Arsès et, revenant à la parole, lui a dit : "L'heure est proche peut-être mais si, dans deux lunes, le buffle ne nous a pas conduits au lieu encore caché, rentrez chez vous."

Il a fermé les yeux et s'est endormi. Il n'y a pas eu de discussion entre Arsès et moi, pas de décision non plus. Il était évident que nous n'avions plus qu'à accompagner le Vieillard et à attendre l'événement. Quand mon père est reparti, il nous a dit qu'il avait confiance dans une entreprise qui me semblait pourtant abandonnée au hasard.

Les jours passaient et la vie ne cessait de ralentir. Au lieu du galop des chevaux de Cambyse, de la course de ses meutes, du vol de ses faucons, elle était rythmée par le pas traînant et incertain du buffle noir. J'ignorais le sens de sa marche, j'ignorais de plus en plus de choses et je n'en souffrais plus. Nous passions de tribu en tribu, les vêtements, les dialectes, les façons de vivre changeaient, mais partout le même respect, la même affection entouraient le Vieillard.

Arsès était peu à peu devenu le premier compagnon, le principal serviteur du Vieillard. Je sentais son cœur, son attention, son esprit se rapprocher constamment du sien sans pourtant s'éloigner de moi. Je n'étais pas jalouse, j'aurais voulu faire comme lui, quelque chose m'en empêchait.

La première lune s'est achevée, nous avions fait du chemin mais sans nous approcher du territoire du Grand Lion. Avec la nouvelle lune, le voyage s'est transformé et le buffle a pris la direction du levant.

S'il continuait ainsi nous allions arriver bientôt à proximité du territoire du Fauve et j'ai senti mon cœur s'emplir à nouveau d'espérance et de crainte. Le buffle, à ma grande déception, s'est arrêté sur une colline où l'herbe lui plaisait. Nous sommes demeurés là plusieurs jours, inactifs, dans le tumulte d'une fête de tribu. De partout des pèlerins affluaient pour voir le plus vieux des vieillards, l'ancêtre des ancêtres ou, comme ils disaient encore, le plus enfant des enfants car le bruit circulait qu'il allait bientôt s'éteindre. Il était vrai que le sourire et le sommeil se succédaient plus vite sur son visage, mais était-ce cela qui arrêtait le buffle noir qui, selon Arsès, était devenu une partie de lui-même ?

Cette nuit-là j'ai rêvé de lions et d'un combat dont Arsès était sur le point d'être vainqueur. A ce moment une vague énorme s'est élevée dans la mer. Elle s'avançait vers nous dans le grondement du tonnerre. Elle était très haute, très bleue et parsemée de soleils rouges. Etendue sur la rive pour mieux voir la victoire d'Arsès, j'ai voulu me lever, m'enfuir alors qu'il était évident que la vague qui se ruait vers nous allait tout engloutir. Quelque chose a pensé : Cesse de t'agiter. Reste où tu es. Arsès a dû penser la même chose car il n'a pas bougé non plus. J'ai alors été transportée de joie par la beauté de la vague. De la couleur du soleil levant, elle s'était arrêtée au milieu de la mer. Elle était suspendue au-dessus de nous, portant à son sommet sa terrifiante chevelure d'écume. Elle brillait, elle éclairait, elle nous réchauffait sans cesser un instant d'être très menaçante. Je ressentais tout le bonheur qu'il y avait à être, à être là, et je me suis éveillée.

J'ai couru vers Arsès, je voulais lui dire ce que je venais de voir, lui demander si ce n'était pas moi qui, par mes espoirs et mes terreurs, empêchais le buffle d'avancer. Il n'a pas voulu m'écouter, il m'a menée chez le Vieillard et m'a laissée seule avec lui.

Je lui ai raconté mon rêve sans être sûre qu'il m'écoutait. Ce n'était peut-être pas nécessaire car il me regardait en souriant d'un air vague et content comme s'il me voyait pour la première fois. J'étais heureuse, de plus en plus heureuse, j'ai osé lui dire : “Tu parles parfois du Tao, je ne comprends pas ce que c'est. Montre-le-moi, j'ai besoin qu'il m'éclaire.” Ses yeux se sont fermés, il n'avait pas dû m'entendre. Arsès m'a dit plus tard qu'un long moment s'était écoulé alors mais, pour moi, ce ne fut qu'un instant de bonheur. Sans ouvrir les yeux, le Vieillard a pris ma main, il l'a retournée, la paume en face du ciel et, sentant qu'elle était tout ouverte et détendue, il l'a nommée le Tao.

Les jours suivants, nous avons continué à cheminer dans les premières phases de la Lune et le pays de plusieurs tribus. De son pas tranquille le buffle noir suivait cette fois un chemin presque droit et se dirigeait vers le levant. J'étais souvent seule car, comme l'Enfant-vieillard perdait des forces et risquait de tomber de sa monture, Arsès ne le quittait plus. C'est alors que je me suis aperçue que mon indomptable cœur ne désirait plus rien.

Un matin, à l'aube, Arsès est venu m'éveiller. L'Enfant lui avait dit : "Il te faut une lance très forte, un arc et trois flèches. Envoie Diotime les chercher."

Ainsi l'heure approchait, mais je n'ai pas ressenti d'angoisse en dirigeant mon cheval vers notre domaine. Chez nous, tout le monde semblait m'attendre. Ma mère m'a dit : "Je ne t'ai jamais vue si paisible." Mon père m'a conduite chez Cambyse qui voulait me donner lui-même les armes.

Cambyse m'a montré une lance très belle, très lourde, à la pointe dangereusement aiguë. “C'est un songe qui me l'a fait choisir, c'est ma préférée et je l'ai vue passer de mes mains dans celles d'Arsès.” Il était sûr qu'Arsès, décidé au combat, allait vaincre le Grand Lion. Il a ajouté : “Le clan sera réuni et il t'épousera, c'est bien. Je suis vieux maintenant. Grâce à ta présence, je n'y avais jamais pensé. Depuis ton départ, je le sais.” Il m'a donné la lance comme un prêtre, le prêtre des lions. Il m'a remis aussi un arc magnifique et trois flèches.

Après une longue chevauchée, je suis revenue au lieu où j'avais quitté Arsès et l'Enfant. Les traces allaient maintenant en ligne droite et ne ressemblaient plus aux interminables crochets et aux retours en arrière du buffle noir au cours de la lune précédente.

J'avais grand désir de revoir Arsès et plus encore le Vieillard-enfant dont le regard, la présence et peut-être le sommeil m'avaient rendu la paix. Des pèlerins m'ont dit : “Celui qui nous a visités va bientôt s'éteindre.”

Après avoir marché un jour et une partie de la nuit, je suis parvenue à les rejoindre. Ce n'était plus le lent cortège de la première lune, le buffle ne s'arrêtait plus, il broutait et ruminait en marchant. Le Vieillard avait beaucoup changé, sa vie ne tenait plus qu'à un fil très mince. Quand je me suis approchée de lui, il a souri et m'a dit dans un souffle : "L'heure approche, c'est toi qui me porteras."

Vers le soir, nous sommes descendus des collines où nous cheminions et nous sommes parvenus aux confins des forêts et d'une grande savane désertique. J'ai reconnu les frontières du territoire du Fauve et, pendant la nuit, j'ai senti sa présence dans mes rêves. Arsès a envoyé deux chasseurs l'observer. Ils l'ont vu guetter et tuer, il était le roi, le soleil des lions. Aux regards qu'ils jetaient sur Arsès, j'ai vu qu'ils ne lui accordaient pas beaucoup de chances de survivre.

L'ordre de l'Enfant était de ne pas bouger jusqu'au crépuscule. Comme le soleil commençait à décliner, il s'est éveillé d'un long sommeil. Il nous a donné des ordres brefs et précis qui rappelaient qu'en des temps très anciens il avait été, dans son pays, un homme puissant et peut-être un chef de guerre : "Vous avancerez avec moi, Diotime à gauche, Arsès à droite du buffle. Quand nous verrons le Grand Lion, Diotime me prendra dans ses bras et je lui indiquerai ce qu'elle devra faire. Arsès nous suivra jusqu'au moment où je lui dirai de s'arrêter. Il plantera sa lance dans le sol, inclinée en direction du lion et veillant toujours à lui faire face. Pour que le clan soit satisfait, il faut que le lion te marque, tu le seras mais tu ne mourras point à condition de ne jamais lâcher ta lance. – Je ne crains rien, a répondu Arsès, puisque je te confie Diotime."

Nous avons marché longtemps sur le sol sableux parmi de hautes herbes qui nous empêchaient de voir à plus de quelques longueurs devant nous. Le sol était brûlant et l'air me faisait mal en pénétrant dans mes poumons. Je sentais la proximité du Fauve, mais il demeurait invisible. Je devinais aussi quelque part la présence de Cambyse et de Kyros qui devaient être en train d'attendre l'événement. J'ai vu avec surprise que le Vieillard-enfant, après nous avoir parlé avec tant de clarté, s'était paisiblement endormi sur le buffle noir qui marchait sans hésitation vers le lieu que nous ignorions.

Arsès tenait dans sa main droite la lance de Cambyse, et les flèches de son arc résonnaient dans leur carquois. La pleine lune en se levant a fait étinceler la pointe de sa lance et j'ai été émue de le voir briller, lui aussi, avec l'air hardi et détendu qui était le sien.

En sortant des hautes herbes, nous avons trouvé en face de nous une étendue de sable et des rochers. Au milieu d'eux, admirable de port, de taille et de fierté, le Grand Lion. Labourant le sol de ses griffes, il nous regardait en grondant, comme s'il gardait la porte du désert. Il ne bougeait pas, mais il était prêt à charger et d'instinct mes mains se sont crispées pour saisir une lance. Sans se laisser troubler par les grondements plus intenses du Fauve, le buffle noir a continué tranquillement à avancer dans sa direction. L'Enfant s'est alors éveillé et a dit à Arsès : "Ici !"

Arsès s'est arrêté, a déposé l'arc et le carquois derrière lui et a planté sa lance dans le sol. Le Vieillard m'a fait signe de le prendre dans mes bras, il était si léger que j'ai pu le tenir sur mon sein. Il a touché le front du buffle, l'a béni en disant : "Tu as porté ton fardeau, rentre chez toi !" Et le buffle noir s'en est allé en direction de l'Orient. Il m'a dit : "Va vers le lion." J'ai avancé, serrant l'Enfant contre moi, protégée par sa présence, car j'étais assaillie, ébranlée par les rugissements de plus en plus violents du lion qui ravageaient mon corps alors que mon esprit demeurait dans une tranquillité profonde.

Le Fauve nous a chargés. Au moment où il allait bondir, le Vieillard lui a parlé. C'est par son indomptable sérénité que sa voix l'a arrêté. Il ne lui parlait dans aucune langue humaine, mais je pouvais entendre ce qu'il disait. Le Lion était en face de nous, énorme, la gueule ouverte, occupant de sa terrible présence mes yeux et tout ce qui me restait de vie. Un filet de sons de plus en plus doux sortait de la gorge de l'Enfant qui semblait blotti sur mon sein, comme je me sentais blottie et protégée en lui. Le Fauve s'est apaisé. Le Vieillard continuait à lui parler dans la langue de leurs deux corps, tout en nerfs et en muscles de lion mâle. Mon corps, mon cœur si tremblants et si tumultueux se sont calmés et ont pu rejoindre mon esprit qui, dans le lieu inconnu, séjournait toujours en paix. L'Enfant était transporté d'enthousiasme par la beauté, l'éclat sombre, le rugissement solaire du Lion. Il m'a fait sentir qu'en face du Grand Ancêtre je devais l'aider à se mettre debout.

Il était ainsi plus grand que je ne pensais et, tout en pénétrant avec son langage de fauve dans les artères et dans le cœur de l'autre, il lui donnait à entendre par de brèves caresses de voix que son impérieuse beauté et sa gloire ne devaient pas se défaire dans l'abîme de la vieillesse. "L'heure est venue pour nous, j'ai accompli mon voyage, tu es parvenu au sommet de ta grandeur." Ils se sont étreints, les bras de l'Enfant et les miens autour du cou et de la crinière de l'Ancêtre, nos joues sur ses joues effrayantes tandis que ses pattes musculeuses entouraient avec douceur nos corps fragiles. Je pleurais, le Vieillard et le Lion pleuraient peut-être avec moi, pendant que je perdais pied dans le dialogue insondable et l'union de leurs deux corps.

J'ai entendu l'Enfant dire au Fauve : "Va !" L'heure d'Arsès était arrivée. Arsès que j'aimais, que j'avais oublié un instant pour me fondre dans le face à face, la réconciliation de l'homme le plus grand que j'aie connu et de son frère aîné, son frère sauvage.

Arsès tenait sa lance haute et ne perdait pas le Fauve du regard. Le Lion avait accepté la parole de l'Enfant, mais l'instinct le dominait encore. Il a tenté de tourner et de surprendre Arsès. Celui-ci, exécutant avec précision les gestes que lui avait appris Cambyse, est parvenu chaque fois à lui faire face et à le blesser. La fureur du Fauve l'a emporté, il a bondi. La lance, tenue d'une main ferme, l'a transpercé. Il a seulement blessé Arsès et est retombé, foudroyé.

J'ai su que je devais porter l'Enfant jusqu'au Grand agonisant. Je l'ai déposé entre ses pattes.

Il a serré le Lion dans ses bras et laissé sa tête reposer sur son flanc : “Ici sera notre tombe et le lieu de notre amitié. Pas de pierre, pas de trace.” Ils sont morts ensemble. Je me suis retrouvée à genoux devant eux, Arsès à côté de moi, plein de force malgré ses blessures.

Il était vainqueur et j'étais délivrée. J'étais délivrée et je pleurais, je ne pouvais m'empêcher de pleurer. J'avais perdu celui qui avait voulu devenir mon Enfant. Arsès pleurait peut-être aussi, mais je n'osais pas le regarder. Couvert du sang du lion, son corps me transperçait, m'aveuglait de lumière.

Cambyse et Kyros sont arrivés. Cambyse, à sa façon grandiose, s'est incliné devant les deux corps et, se tournant vers Arsès, lui a juré fidélité. Arsès a reçu son serment et celui de Kyros avec sa simplicité habituelle et le clan a retrouvé son unité perdue.

Ils ont élevé un bûcher. Quand les corps des deux morts ont été consumés, Cambyse a fait amener ses faucons et m'a dit de les libérer : “Tu vas partir, je ne chasserai plus sans toi.” Il n'était pas triste et m'a regardée en souriant pendant que les oiseaux s'envolaient. Nous sommes repartis le lendemain, la matinée était limpide, aérienne. Cambyse était heureux, il pensait, comme moi, à ses faucons en liberté et à nos journées d'autrefois. Il montait un jeune et superbe étalon. Il l'a lancé au galop dans un sentier qu'il ne connaissait pas. Un arbre récemment abattu lui a barré le passage. Cambyse a été surpris, mais jamais il n'avait refusé un obstacle. Le cheval a heurté une branche et, dans sa chute, s'est renversé sur lui. Quand nous sommes parvenus à dégager Cambyse, ses blessures étaient mortelles et sans cesser de me sourire, il est entré en agonie. Une grande sérénité s'est étendue sur son visage, il a rejoint ses faucons, très haut dans l'air où il est mort en majesté, dans mes bras.

C'est au soleil levant que nous avons enterré ses cendres, près de celles de l'Enfant et de l'Ancêtre. Aucun signe ne marque l'endroit où elles sont ensevelies. Ce lieu, avec les rochers et l'espace brûlant qui l'entourent, est demeuré sacré. Si des lions et des hommes s'y rencontrent, aucun n'attaque et nul ne fuit.

1990-1991

BABEL

Extrait du catalogue

256. MOHAMMED DIB
Le Talisman

257. ASSIA DJEBAR
Les Alouettes naïves

258. VINCENT BOREL
Un Ruban noir

259. RENÉ DESCARTES
La Recherche de la vérité

260. GEORGES-OLIVIER CHÂTEAUREYNAUD
Les Messagers

261. HENRY JAMES
Le Motif dans le tapis

262. JACQUES GAILLARD
Rome, le temps, les choses

263. ROBERT LOUIS STEVENSON
L'Etrange Affaire du Dr Jekyll et de Mr Hyde

264. MAURICE MAETERLINCK
La Mort de Tintagiles

265. FRANÇOISE DE GRUSON
La Clôture

266. JEAN-FRANÇOIS VILAR
C'est toujours les autres qui meurent

267. DAGORY
Maison qui pleure

268. BRAM STOKER
Dracula

269. DANIEL GUÉRIN
Front populaire, révolution manquée

270. MURIEL CERF
Le Diable vert

272. JEAN-PIERRE VERHEGGEN
Le Degré Zorro de l'écriture

273. JOHN STEINBECK
Voyage avec Charley

274. NINA BERBEROVA
La Souveraine

275. JOSEPH PÉRIGOT
Le Dernier des grands romantiques

276. FRÉDÉRIC H. FAJARDIE
Gentil, Faty !

277. FÉDOR DOSTOÏEVSKI
L'Eternel Mari

278. COMTESSE DE SÉGUR
Les Malheurs de Sophie

279. HENRY BAUCHAU
Diotime et les lions

280. ALICE FERNEY
L'Elégance des veuves

281. MICHÈLE LESBRE
Une simple chute

282. JEAN-PIERRE BASTID
La Tendresse du loup

283. ADRIEN DE GERLACHE DE GOMERY
Quinze mois dans l'Antarctique

COÉDITION ACTES SUD – LABOR – LEMÉAC

Ouvrage réalisé
par l'Atelier graphique Actes Sud.
Achevé d'imprimer
en novembre 1997
par l'Imprimerie Bussière
à Saint-Amand-Montrond
sur papier des
Papeteries de Jeand'heurs
pour le compte des éditions
ACTES SUD
Le Méjan
Place Nina-Berberova
13200 Arles.

N° d'éditeur : 2580
Dépôt légal
1re édition : août 1997
N° impr. 2368